AF362801

LA MAGIA DE LAS 13 LUNAS

ExLibric

YAHY LEON

LA MAGIA DE LAS 13 LUNAS

EXLIBRIC

ANTEQUERA 2022

YAHY LEON

LA MAGIA DE LAS 13 LUNAS

1. EL VALLE

Aquel sábado de primavera se celebraba el cumpleaños de Sofía. Cumplía doce años y seguía siendo bajita, pelirroja, con pecas, de ojos verdes y nariz pequeña, como de gata. Se le veía muy feliz con su vestido blanco con flores verdes, yendo de un lado a otro por el viejo caserón del Valle donde vivió su querida Abuela.

El caserón era aquel día un enjambre de niños y niñas correteando alrededor de la mesa sobre cuyo mantel reposaban los vasos de zumos y refrescos que aún se mantenían en pie, restos de patatas fritas y frutos secos, bandejas con canapés de paté y platos de plástico con tarta de chocolate, almendras y nata.

Aquello era un campo de batalla, y la Madre de Sofía, Marta, se prometía que al año siguiente no permitiría que su hija invitase a toda su clase. Por suerte afuera había campo abierto donde jugar y una encina a la que se encaramaban los niños. Desde un ventanal, con alivio, la Madre de Sofía vio cómo los primeros coches aparcaban y las parejas de padres recogían a sus hijos. Con la mano les saludaba a modo de adiós.

Cuando en el caserón se respiró un poco de calma, Marta empezó con la escoba a barrer el piso de la cocina. Al entrar en el salón se llevó las manos a la cabeza, con rapidez amontonó palos de madera, encendió la chimenea y retomó la escoba. Al levantar el mantel descubrió a un niño dormido bajo la mesa. Era Jorge, un niño moreno, gordito, con la cara redonda, tozudo, preguntón, y en aquel instante tenía la boca manchada con churretones de chocolate. Sin duda, se había dado un atracón de tarta.

Marta llamó a Sofía, quien vino enseguida con una raqueta en las manos, uno de sus muchos regalos que había recibido. Madre e Hija rieron al contemplar cómo dormía Jorge, quien estaba previsto que pasaría la noche en el caserón. ¡Ya estaba durmiendo! Lo despertaron, y Jorge comenzó a emitir sonidos de queja por su dolor de barriga.

—¡Tragón, que eres un tragón! —se reía de él Sofía.

Tumbaron a Jorge en el sofá, cerca de la chimenea. Marta puso a hervir infusión de manzanilla. Su Hija le preguntó si debían llamar a la Tía Adela, y Marta le contestó a Sofía que no era necesario. Jorge tomó entre sus manos un tazón caliente de manzanilla y dio unos cuantos sorbos, que le aplacaron un poco el dolor de estómago.

Después estuvieron hablando un rato. Bueno, más bien Sofía habló y habló de lo mucho que se había divertido durante la fiesta y Jorge escuchaba a su amiga con la mano en la panza y con cara de arrepentimiento por haberse comido cuatro porciones de tarta de chocolate. La Madre de Sofía levantó los ojos de su revista de prensa rosa y dijo que era hora de irse a dormir.

En la habitación de invitados había una litera, y en pijama, Sofía y Jorge estuvieron un rato peleando a golpe de almohada por quién dormiría en la cama de arriba de la litera. Finalmente, Jorge, acalorado por la discusión, aceptó dormir en el colchón de abajo. Marta arropó a los niños, sirvió otro tazón de manzanilla que Jorge bebió en tragos seguidos, y apagando la luz da a los niños las buenas noches.

—¿Tú tienes sueño? —pregunta Sofía en susurros.

—Todavía no —dice el niño—. Oye, tú que vas de lista. ¿Por qué la gente no puede soñar con las mismas cosas?

—¡Ah! —dudó Sofía— ¡Pues no sé...! No tengo ni idea. Pero tengo algo que...

La nena saltó de la litera, ilumina el cuarto con una lamparita y toma un volumen de la estantería. Jorge, mientras, con los ojos medio cerrados, observa suspendido a la izquierda de la ventana un atrapasueños —que evita las pesadillas y pesca el recuerdo de los buenos sueños—.

—Mira, este libro habla de lo que significan los sueños. ¿Comprendes? Si sueñas con un coche eso es que tienes que hacer un viaje, y cosas así por el estilo —divagaba Sofía—.

—¡Qué tontería más grande! No me creo ni una palabra —afirmaba Jorge con convicción—.

—¿Ah, no? ¿Te apetece hacer un experimento?

—A ver, di.

—Elige uno de los cuatro puntos cardinales —le pide Sofía a su amigo—.

—¿Un qué? —repuso Jorge.

—Un punto cardinal, membrillo. ¡Norte, Sur, Este, Oeste!

—¡El Este! —elige Jorge—.

—Vale —acepta Sofía, que apaga la lamparita y sube a la cama de arriba—. ¿Estás listo para que soñemos los dos con un viaje por el Este?

—Bueno. Sí, sí estoy listo —sostuvo Jorge—.

—Ahora escucha —solicita a su amigo Sofía—. Cierra los ojos. Respira hondo. Los párpados pesan. Tenemos sueño, mucho sueño... Pesan la cabeza, los hombros, los brazos, la espalda. Respira. Las piernas pesan... El sueño pesa... Ahora cierra la mano con fuerza, e imagina —articulaba Sofía con un hilo de voz—, que en la mano guardamos un papelito en el que está escrito lo que vamos a soñar. Los dos queremos viajar hacia el Este. ¿Es así?

—Sí —musita Jorge adormilado—.

—Hacia el Este. Sí. Respira hondo. Tenemos sueño, muchísimo sueño… Respira despacio. Ahora, Jorge, dime un lugar en el que nos encontraremos durante nuestros sueños.

—En un castillo… En un Castillo Mágico —afirma el niño—.

—Muy bien. Pronto nos veremos en un Castillo Mágico —aseguró Sofía—. Ahora abre la mano… El papelito se ha convertido en una mariposa que revolotea hacia el Este por las tierras del sueño, hacia un Castillo Mágico…

En la habitación reina el silencio fresco de la noche y la calma del descanso. Solo se escuchan las respiraciones acompasadas de los niños adormecidos mientras el Valle duerme. Por la ventana entreabierta salieron volando dos mariposas…

VALLE de TARAY

2. EL CASTILLO MÁGICO

Bajo los efluvios de la creciente Luna, en algún punto de un Desierto de palmeras y pitas en flor, se alza en una duna una ciudad y un maravilloso Castillo, un mundo imaginal, un oasis que asemeja estar erigido también con tórrida arena.

Jorge se halla en un torreón desde el que divisa la muralla que defiende la ciudadela, las laberínticas calle-juelas por donde transitan caravanas de dromedarios, el bullicio del colorido bazar donde hombres —con turbante y largas barbas— y mujeres —con el pelo velado y manos tatuadas con arabescos de henna— mercadean con vistosas alfombras persas y tejidos de seda... Y destacando adentro de la fortaleza, las cúpulas doradas de las Mezquitas, los profusos jardines regados por acequias, fuentes y estanques, la belleza sobria de unos Palacios de influjo irresistible.

El aire está impregnado de olores especiados. Jorge se pellizca el brazo para salir del espejismo que cree estar viendo. Baja desde el torreón por unas escaleras de ca-racol y se encuentra en una estancia con innumerables columnas. Lámparas de aceite alumbran los pórticos de una serie de galerías. Entonces, escucha ruido de pasos. Se queda paralizado de miedo.

De un pasadizo surge Sofía. Parece una princesa o una hada, con un elegante vestido azul, un capirote con cintas de colores y una varita con forma de estrella. Ella se ríe mientras Jorge no sale de su asombro.

—¡Je, je! ¡Hola, Jorge! ¿Pero dónde vas con el pijama? —bromea Sofía—.

A continuación la princesa Sofía toca a su amigo con la varita y, en una chispa, Jorge se ve con unas mallas negras y una camisola amarilla y blanca.

—¡Ja, ja! ¡Qué bien le quedan estas prendas a su merced, don Jorge! —exclama con divertida ironía la princesa Sofía.

—¡Es Magia! ¡Estamos en el Castillo Mágico! —grita de alegría Jorge—.

—Bien... ¡Aquí estamos, amiguito! ¡En tu Castillo Mágico! —suspira Sofía con ensoñación—. ¿Y ahora qué pasará?

—¡Esto es increíble! ¡Busquemos una salida! —afirma Jorge con determinación—. ¡Afuera hay un bazar, y camellos, o dromedarios, no sé, y con este olor a especias me ha entrado hambre!

—Tú siempre te mueves por lo mismo, ¿eh? —ríe Sofía intentando alcanzar los pasos de don Jorge—.

Cruzando por las galerías, Jorge y Sofía contemplan mosaicos exactos e infinitos que enjaezan paredes y suelos. El Castillo Mágico es de una belleza inigualable, pero parece estar inhabitado. O... eso creyeron hasta que, detrás de un portón de madera, olfatearon fragancias de albahaca, jazmín y azahar, y oyeron una música que tanto se desvanecía como se dispersa.

Atraídos por la melodía, Sofía y Jorge abren despacio y con cuidado las hojas del portón y un vaho de incienso les asalta la nariz. Descubren una escena embelesadora.

En la estancia iluminada con lámparas de aceite, sobre ricas alfombras tejidas con paciencia, bailarinas preciosas como esmeraldas de seda se contonean al ritmo tañido por músicos de laúd, rabel y sarod, en una hipnótica danza del vientre, haciendo resonar sus cinturones de platillos de oro con el movimiento de sus caderas, al tiempo que son agasajadas y jaleadas por un coro de hombres con chilabas que beben té, comen carne de cordero con las manos y fuman en pipas de agua.

Presenciando la danza desde el Trono Real, los dos soñadores contemplan la solemne figura de un majestuoso león, envuelto en una túnica de rubíes, el Califa León de Lengua Silenciosa. A su vez, el Califa León se percata por el olfato de la presencia del niño y de la nena. Acto seguido, bosteza sin hacer ruido, y con un simple gesto de su zarpa, la Guardia de su séquito apresan a Jorge y a Sofía. Quienes son conducidos a las mazmorras y encerrados bajo llave.

—¡Esto es por tu culpa, Sofía! —reprocha Jorge a su amiga, pugnando en el intento de romper las cadenas—. ¿Quién tuvo la brillante idea de pasearse por aquí con un traje de princesa?

—¡Buah! ¡Buah! —se lamenta y solloza Sofía—. ¡Ahora no podremos salir de este estúpido Castillo!

—¡Silencio! Se acercan pasos —anunció Jorge—.

Un conjunto de seis hombres con aspecto de fieros guerreros —rubios, bermejos y castaños, corpulentos, bigotudos, con cascos vikingos, escudos de madera, brazaletes de cuero y pieles de lobo—, pero armados con instrumentos musicales, se planta en filas ante el enrejado de las mazmorras e hizo saber a los mozalbetes que por orden de León de Lengua Silenciosa, y como castigo por su insolente impertinencia, sufrirán un cruel suplicio.

La condena consistirá en escuchar sin taparse los oídos *Los Versos Podridos de los Seis Bardos*. Después de soportar el tormento, tendrían que recitar de memoria los versos por entero, al primer intento y sin equivocaciones.

Si logran repetir los versos, quedarán libres; pero, si no lo consiguen, serán arrojados a calderas de agua hirviendo.

Jorge y Sofía se miraron a los ojos verdaderamente asustados.

—¡Vamos a turnarnos para memorizar los versos! ¡Presta toda tu atención! —le insta Sofía a Jorge—.

—Pero... si es que yo odio la poesía... —gimotea Jorge—.

En ese momento, los Seis Bardos se aprestaron en una fila uno al lado del otro, guardaron un tenso silencio de medio minuto, y uno a continuación del siguiente Bardo, recitaron e hicieron resonar sus instrumentos musicales, comenzando por el Vikingo que porta una especie de didgeridoo, quien da un paso adelante y empieza a recitar y declamar con voz grave *Los Versos Podridos de los Seis Bardos*:

»» —¡Oh no! Escucha y abandónate a las voces salvajes de memorias de vida del Bardo Primero incorporándose a la Realidad... y en su Música mira cómo se reflejan como en espejos de agua los caminos aparentes y los sueños hechos de madera... Árboles sin nombre enraizados en silencio... Cuerpos anclados a la deriva persiguiendo los rastros del milagro de experiencias y gozos primigenios por debajo y dentro de las voces salvajes de memorias de Vida de...

—FHRUOOOMM... FHRUOOOMM... —hizo barruntar el primer Bardo su didgeridoo—.

»» —¡Oh no! Escucha y abandónate a las voces gigantes de masas del Bardo Segundo distrayendo la desilusión de tiempos siempre fugaces en la alegría y en el dolor... De los caprichos de la suerte ni el viento sabe a dónde soplan... Gotas de luz fluyendo en el río mineral hacia la mar omnívora... Luciérnagas pululan en oscuridades de selenio y osarios de polvo en las voces gigantes de masas de...

—BRPOOOAMM... BRPOOOAMM... —tronaba la trompa del segundo Bardo—.

»» —¡Oh no! Escucha y abandónate al cauce abierto por las voces aladas en círculos del Bardo Tercero en un Paraíso de dátiles en la bóveda de los Cielos celestes... La débil luz infiltrando los senderos y claros de lo por venir no nacido en carne y sangre de las voces aladas en espirales de...

—MTRRAOUHM... MTRRAOUHM... —bramó el oboe del Bardo tercero—.

»» —¡Oh no! Escucha y abandónate a la sed inevitable de las voces hostigadoras del Bardo Cuarto irrigando la relevante diversidad de influencias... Cuando en los estados intermedios del Tiempo se reconocen las formas oscuras... dichas en huesos y cráneos que reclaman las voces de...

—GRROOOHMP... GRROOOHMP... —retumbaba el trombón del furibundo cuarto Bardo—.

»» —¡Oh no! Escucha y abandónate al silencio de las voces sin palabras del Bardo Quinto que calla el linaje de mares y rocas milenarias... Savia herida por pura velocidad de giro en lo oculto de la Luna... y en el silencio de las voces sin palabras de...

—SSHAOOHMM... SSHAOOHMM... —hizo vibrar el quinto Bardo a la caracola marina que abarca rumores de marea—.

»» —¡Oh no! Escucha y abandónate al murmullo de voces destinadas a lo desconocido del Bardo Sexto que corta los hilos y arrastra raíces ante la providencial venida de la Muerte... Que calma todos los errores en manos vacías de lo sagrado incluso ahora entre murmullo de voces destinadas a lo desconocido de...

—TLIIIHHNN... TLIIIHHNN... —tintineó el triángulo del último y sexto Bardo—.

—Y ahora, jóvenes, recitad nuestros Versos podridos de memoria —mandó el primer Bardo—. Ojalá no os equivoquéis o... de lo contrario, jamás saldréis vivos de esta mazmorra.

—¡Ja, ja, ja, ja, ja, ja! —rió malvadamente la orquesta de los Seis Bardos.

—¡Oh, nooo! —gritaron aterrorizados Sofía y Jorge.

—¡Vamos, mozuelos! ¡Recitad de memoria sin más demora!

Sofía, conservando la serenidad, comienza con la primera estrofa, vuelta a la misma canción, y la dijo de carrerilla moviendo su varita como una batuta.

Luego, Jorge, muy rígido, con las manos agarradas a los muslos y con voz titubeante porque se juegan la vida, acertó a repetir la segunda parte.

De esta suerte, se van alternando el recitado de los versos. Sofía, confiada, no erró ni una vez. Cuando le tocaba el turno a su amigo le miraba dando ánimos. Jorge trastabilló en un par de ocasiones, pero milagrosamente retomaba el hilo de los Versos, como si las palabras oídas en voz de los Seis Bardos estuvieran cosidas juntas.

Así, cuando Jorge termina de corear el sexto fragmento, los dos niños, boquiabiertos, suspiraron aliviados por haber superado la difícil prueba.

—¡Habéis logrado burlar el fatal Destino, jóvenes muchachos! ¡Sois libres! —afirmó uno de los BardosVikingos levantando la reja de la celda.

Los dos amigos salieron del encierro.

—Y como premio a vuestro esfuerzo —concedió otro Bardo, desenvolviendo ante sus pies una alfombra de mil y un colores—, el Califa León de Lengua Silenciosa os regala esta alfombra voladora como obsequio y muestra de su generosidad.

—Gracias —dice Sofía.

—De nada.

—No era nuestra intención molestar a nadie... —expresó Jorge—.

En aquel instante, la alfombra levita un metro y se inclina en una seña de que está dispuesta a volar.

—¡La alfombra ha hablado! —exclamó el Bardo más taciturno. ¡No cerréis vuestros ojos a este buen augurio! ¡Amanecerá pronto y es momento para atravesar de noche el Desierto!

Jorge dio un salto y la alfombra no cayó a tierra. Sofía imitó a su amigo.

La alfombra voladora de mil y un colores, entonces, se deslizó a ras del suelo por pasadizos y escaleras, y desde una atalaya planeó por encima de la muralla.

Sobrevolando el mar de arena, Jorge y Sofía volvieron la vista hacia el Castillo Mágico, que fulguraba en tonos rojizos con el Sol de levante. Una ráfaga suave de veloz viento hacía surcar a la alfombra voladora sobre dunas de un desierto sin fin...

3. DRAGÓN NUBE BLANCA

La alfombra mágica, tras sortear unas altas cordilleras de Montañas y volar al ras de campos de arroz, desciende a unos metros de la superficie de un Lago. En el Lago hay edificada sobre estacas una Pagoda, la Pagoda de Nube Blanca. Guardando la entrada al Templo, se halla la colosal estatua de un Dragón. La alfombra planea y detiene el viaje frente a las puertas de la Pagoda.

Jorge y Sofía están contemplando la Pagoda en calma. A las puertas la construcción de madera de teca, las cañas de bambú que sirven de pilares apuntalados en el Lago, las marquesinas de cuatro techos superpuestos, los redondos farolillos rojos, la hilera de banderitas de colores al viento con indescifrables ideogramas en chino. Entonces, se entreabre el portón y una linda joven de lacia melena negra, piel ambarina y ojos rasgados se les acerca a pasitos cortos, con las manos escondidas en las mangas de su kimono verdemar. Inclina la cabeza, sonríe y les indica con un gracioso mohín que la sigan.

Al cruzar el portal, descubren que en el horizonte, detrás del Jardín de la Pagoda, bajo la quietud de un horizonte de montañas nevadas, se extiende una bulliciosa ciudad alrededor y sobre el Lago con miles de puentes uniendo pequeñas casas flotantes que despiden aromas a sésamo, soja, verduras fritas y sopas humeantes de carne de cangrejo. Los habitantes de esta ciudad se afanan con enormes canastos en recoger la cosecha del arrozal, pescan con zancos sobre el agua y pedalean en sus bicicletas circulando por los puentes.

Caminando por el Jardín detrás de los pasos de la joven china llegan a un estanque de nenúfares donde el Maestro Chu Hi practica el arte de la caligrafía, absorto en los trazos que su mano y la tinta china dibujan sobre papel de arroz. La mano del Maestro traza en un movimiento de un golpe con delicadeza un círculo abierto con un pincel de pelo de caballo.

—Todo bajo el Cielo —dice el Maestro Chu Hi con voz de profunda sabiduría—.

—Maestlo Chu Hi, nosotlos tenel invitados venidos de Medio Oliente en alfombla voladola. Una joven plincesa y un joven caballelo —hablaba muy bajito la joven china—.

—Sed bienvenidos, honolables extlanjelos —dice el Maestro Chu Hi recibiendo a Sofía y Jorge—. Glacias, Hua Li. ¿Cuál sel vuestlos nombles, jóvenes?

—Yo soy la Princesa Sofía y futura Reina del Caserón Mágico —responde la niña Sofía—.

—Mi nombre es Jorge, sabio anciano —contesta Jorge.

—¿Vosotlos tenel hamble? ¡Hua Li, sílvenos aloz! —ordena el Maestro Chu Hi y Hua Li regresa enseguida con tres cuencos y palillos chinos para comer—.

La Princesa Sofía y el jinete de la alfombra voladora, Jorge, se hacen sentar en la hierba verde y fresca por indicación del Maestro Chu Hi. Hua Li les entrega los cuencos de arroz al curry con verduras; primero a los invitados y después al Maestro. Después Hua Li da los palillos chinos. Jorge y Sofía los miran en sus manos sin saber qué hacer para comer arroz con éstos.

—No impolta, podel lleval el aloz a la boca con los dedos —dice con una sonrisa Chu Hi, para a continuación añadir—: ¿Puedo hacelos una plegunta?

—Gracias por esta comida —dice Sofía—. Nosotros estábamos en un Castillo Mágico, nos apresaron en una celda, pero logramos salir en una alfombra mágica que nos llevó volando hasta aquí, a este Templo.

Jorge, distraído, mira a Hua Li sin poder apartar los ojos de ella, y la joven china no deja de sonreír.

—¿En qué sueño soñé que soñaba? —lanza de improviso el Maestro Chu Hi la pregunta y koan que deja boquiabiertos a Sofía y Jorge—.

—¿En un sueño de dos? —responde Jorge esperando la aprobación del Maestro.

—¿Cómo ela el viento que os tlajo hasta aquí? —pregunta de nuevo el Maestro.

—Ligero como una racha, pero fuerte, mágico y suave como una corriente de brisa. ¡Nos hizo viajar muy rápido! —responde Sofía—.

El Maestro Chu Hi respira hondo, medita en posición de loto con los ojos cerrados y en las palmas de sus manos abiertas, por arte de magia, aparecen tres monedas redondas de bronce con un agujero cuadrado en el centro. El Maestro de Meditación, Feng Shui y Artes Adivinatorias lanza las tres monedas sobre la hierba fresca y se inclina para interpretar los buenos o malos augurios, según disponen las leyes del azar sin casualidad.

—Bien. Los signos son clalos. Entonces, escuchad. Tenel que paltil plonto mal allende del Océano Pacífico, hacia la Isla del Sol —exhorta el Maestro Chu Hi—. Aunque la ciudad de Kiso esté en Paz, en estos días las plovincias están en una situación de conflicto y guelas —explica a los niños el anciano—. El Pueblo está descontento con los políticos, pol las calles de Pekín, donde está el Palacio Lojo del Empeladol Amalillo, patlullan las tlopas del Ejélcito. Debel il ahola, tenel motivos pala temel que os encuentla. De modo que aplisa, folastelos. El viento es favolable, es plopicio continual viaje.

—¡China está en guerra! —expresa con sorpresa Jorge—.

—Sí, Jolge y Sofía —dice la joven Hua Li, mirando a su honorable Maestro—. Haced caso al consejo del Maestlo. Os espela un viaje muy lalgo atlavesando el Océano Pacífico, demasiado lalgo pala navegal con la alfombla voladola, así que yo gualdal alfombla voladola hasta vuestlo legleso a Kiso.

Sofía y Jorge se miraron con preocupación y miedo ante la inesperada situación de guerra, porque después de haber estado en las mazmorras del Castillo Mágico no les gusta nada la idea de ser arrestados por un Ejército Chino, únicamente por ser extranjeros.

—¿Y cómo podemos salir de China sin la alfombra voladora? —se queja Sofía, preocupada—.

—¡Ya está! Llamalemos al Dlagón Nube Blanca de Jade. Espelad unos minutos —dijo Hua Li.

Hua Li regresa con un tuc-tuc —un carrito de tiro que es desplazado a pie— y una botella de licor de lagarto, con un lagarto dentro de la botella flotando muerto. Aparca el tuc-tuc en el sendero central del Jardín y frota la botella con el lagarto. A continuación pone una piedra de jade en un quemador, y prende fuego a unas varillas de madera.

El jade arde como incienso desprendiendo volutas de humo con fragancia a hierba mojada y mágicamente... en unos segundos se forma una densa niebla que impide ver nada. Entre la niebla Jorge pudo distinguir la silueta del Maestro de Alquimia Chu Hi introduciendo la piedra de jade envuelta en llamas dentro de la botella de licor de lagarto.

Todo pasaba muy deprisa. En esto, de la niebla apareció Hua Li, coge de la mano a Jorge, lo reúne con Sofía y los pone en el asiento del tuc-tuc con la botella de licor humeante con el lagarto muerto y la piedra de jade dentro. Con la fuerza de dos caballos, Hua Li empieza a correr a toda velocidad tirando de las abrazaderas del tuc-tuc a lo largo del sendero del Jardín.

—¡Atención, niños! ¡Desead con toda la fuelza que Dlagón Nube Blanca despielte del jade y os llevalá a buen Destino! ¡Buen viaje! ¡Buena suelte! ¡Buena ventula! —grita Hua Li—.

Sofía y Jorge, cerrando los ojos, desean muy fuerte con el poder de la imaginación que el Dragón Nube Blanca despertase volando.

Los pies de Hua Li corriendo levantaron el polvo, la botella con el lagarto despedía una gran estela de humareda blanca.

Seguían corriendo y se aproximaban al muro del Jardín y, entonces, gracias a la Magia, la gran estela humeante se transforma en un Dragón de resplandecientes escamas blancas como cuarzo de cristal y poderosas garras.

Dragón Nube Blanca ha despertado de su sueño en la botella de licor y ruge en un entonado resoplido, desplegando sus majestuosas alas se despereza agitando todo su cuerpo y avivando su enorme fuerza dormida, como el fuego revive cuando se le alimenta con una chispa.

Dragón Nube Blanca agarra a los niños con delicadeza, los sentó en lo alto de su blando lomo y eleva el vuelo desde los cielos de la Pagoda con destino de ida hacia el mar allende el Océano Pacífico. Ascendiendo, Nube Blanca de Jade exhala una llamarada de fuego que deja un rastro de olor a tierra húmeda al volar por encima de la Gran Muralla china.

Nube Blanca de Jade, volando en la noche a la altura de las nubes, sigue el curso serpentino del gran Río Amarillo. Volando por todo un continente de muchos países, gentes y costumbres. Desde las nubes ven las estrellas, todas sobre el Cielo.

Dragón Nube Blanca y los niños, felices con la aventura, vuelan de la sierra al mar y pierden de vista la tierra firme, surcando aguas diamantinas del Océano Pacífico en el Cielo del atardecer.

Las nubes, al entrar la noche, se arremolinan en un vendaval, la atmósfera era eléctrica, y un trueno resonante seguido de rayos anuncia la calma que precede a la tormenta, y una lluvia de agua sobre agua cae sobre el oleaje de los mares del Océano. Tras la tormenta de la noche, ya a la alborada, siempre sale el Sol.

—¡Tierra a la vista! —dio entonces un grito de felicidad Jorge—.

—¡Es una Isla! —anuncia Sofía—.

—¡Y mira: parece un pájaro! —percibe Jorge—. ¡Mira, eso de ahí son las alas y el pico!

—¡¡Es increíble!! —gritan a dúo Sofía y Jorge—.

Con la salida del Sol aterrizaron en una Isla.

4. LA ISLA DEL SOL

Dragón Nube Blanca arquea el vuelo y desciende suave haciendo una espiral y aterriza en la Isla del Sol junto a una estatua gigante de cuatro metros de piedra negra de obsidiana de la cabeza de un ancestral Jefe de Orejas Largas. Jorge y Sofía bajan como si se tirasen de un tobogán de la cabalgadura de Dragón Nube Blanca, quien descansa del viaje cerrando sus ojos.

La Isla del Sol es un paisaje pacífico de playas de aguas verdes y arenas amarillas, un acantilado donde se alza en ruinas un Templo en forma de Pirámide escalonada, selvas creciendo sobre la Selva Madre de Dios sembrada de salvajes bosques de flora y fauna, con una miríada de altos árboles, aromáticos de ceiba, secuoyas, robles, arces, abedules, boj, sauces, palmeras, olmos, eucaliptos; que dan ricas frutas exóticas como plátano, yuca, papayas, paltas, piñas, cocos, guayabas, mangos, moringa y cultivos de café, cacao y caña de azúcar; alrededor de los que revolotean aves como el quetzal, halcón, águilas, cóndor, la guacamaya, bandadas de estorninos danzando, colibríes de rápido latir de corazón y alas.

A los veinte minutos aparece un grupo de siete Abuelas Sabias y trece jóvenes indios Guerreros Lunares defensores de la Paz de la Pachamama, la Madre Tierra y del Pachakamaq, el Padre Tiempo. Los trece Guerreros Lunares, casi desnudos y sin escudos ni armas, con tocados de plumas de ave, con adornos de collares de jade, orejas largas perforadas, algún tattoo y brazaletes de cuero, son indios morenos y de piel de cobre, tez mezcla de amarillo con rojo. Las siete Abuelas Sabias, cada una viste con llamativos colores del gradiente del arco iris: rojo, naranja, amarillo, verde, celeste, azul índigo, violeta. Y cada una porta un viejo tambor.

El grupo de indios nativos de la Isla permanece observando largamente con ojos de asombro y en silencio, señal de respeto, al Dragón Nube Blanca, dormido.

La Abuela Sabia Roja se acerca sonriendo a los niños Sofía y Jorge, y les da un cariñoso apapacho, un abrazo de bienvenida.

—¡Ayu! ¡Aho! ¡Bienvenidos a Casa! Nosotros ser Gente del Amanecer, estar aquí en conexión con la Pachamama desde la noche de los Tiempos y ser guardianes y cuidadoras de la Naturaleza y las siete generaciones futuras hasta los Tiempos del Fin. ¡In lak´ech! ¡Yo soy otro tú! —presenta a todos la Abuela Sabia Roja.

—Hola, encantados de estar en la Isla del Sol. Nosotros nos llamamos Jorge y yo Sofía —dice Sofía—.

—Hacemos un viaje con Dragón Nube Blanca desde China —explica Jorge—.

—¡Hala ken! ¡Tú eres otro yo! ¡Bienvenidos a la Tribu Arco Iris de la Selva Madre de Dios! ¡Gracias por estar en presencia! —habla Airú, uno de los trece Guerreros Lunares—. Yo soy Airú, mi nombre significar selva.

Entonces, por indicaciones de las Abuelas Sabias, los veintidós reunidos se sientan formando un círculo alrededor de Dragón Nube Blanca, quien duerme, y el Consejo es iniciado elevando un canto de mantras resonantes con armónicos.

—¡OM! ¡AUM! ¡OM!

Invocando el sonido cósmico de la sílaba sagrada de la Creación del Universo, las almas, mentes y cuerpos de todos con Todo son sintonizados.

¡SOMOS UN CÍRCULO, UN CÍRCULO UNIDO!

¡CANTAMOS LA CANCIÓN DEL CORAZÓN!

¡ESTO ES UNIDAD!

¡ESTO ES FAMILIA!

¡ESTO ES CELEBRACIÓN! ESTO ES SAGRADO...

Sofía y Jorge, que ahora han olvidado que sueñan, sienten Paz interior.

La Abuela Sabia Amarilla reza en varias lenguas con murmuraciones y devoción al Gran Espíritu. La Abuela Sabia Naranja dispone de frutas que ofrece a los niños.

Airú, con el Bastón de la Palabra en su mano, un labrado y a la vez sencillo palo de madera, se atreve a romper el agradable silencio.

—En nuestra tradición espiritual de Gente del Amanecer, los antiguos observadores de Estrellas a nosotros contar la Ciencia del Tiempo. Kinich Ahau es el Sol que dar Luz y Vida cada Kin, día. Un ciclo de un año solar ser trescientos sesenta y cinco días ser el giro de Gaia, nuestra amada Tierra, alrededor del Sol. Si observar y contar bien hay Trece Lunas de veintiocho Kins o días en un año solar. Veintiocho por trece igual a trescientos sesenta y cuatro Kins, y más un Kin de Día Fuera de Tiempo, sumar un total de trescientos sesenta y cinco días. El Kin Día Fuera de Tiempo, nosotros celebrar con grandes fiestas el siguiente Año Nuevo, cuando la Estrella Sirio estar en su cénit —habla Airú pasando a su derecha el Bastón de la Palabra.

—La Ciencia del Tiempo ser un Tiempo Perfecto de Trece Lunas de veintiocho días sincronizadas con el Sagrado Tzolkin. Vosotros comparar el Calendario Gregoriano con el Calendario de Trece Lunas. ¡El Calendario Gregoriano ser una confusión! —expresa con razón la Abuela Sabia Verde—. ¿Cómo decir el refrán...? —pregunta pasando el Bastón de la Palabra—.

—Treinta días tiene noviembre con abril, junio y septiembre; veintiocho solo hay uno y los demás treinta y uno —canturrea la Abuela Sabia Azul Índigo, y las risas crean conciencia—.

—Veintiocho ser los ciclos naturales de las mareas y el reciclaje de la sangre en la regla de la Mujer —afirma aclarando con ejemplos la Abuela Sabia Roja.

—¡Qué confusión es el Calendario Gregoriano! ¡Me gusta el Calendario de Trece Lunas! —expresa convencida Sofía—.

—Además que no haber punto de comparación. El Calendario de Trece Lunas es fractal, matemático y exacto; y el Calendario Gregoriano es una cuenta de días lineal e irregular. ¿Qué resonar mejor y preferir: despertar en un aburrido día 18 ó 19 de noviembre o despertar en un día cuyo Kin ser Estrella Galáctica o Mago Cósmico? —pregunta la Abuela Sabia Celeste.

—¡Y cada Kin ser la Energía del día! ¡Saber la Energía de hoy dar poder! ¡Poder para todos cada día con acciones propicias! ¡Las Trece Lunas ser Sincronía y Magia! Pachamama y los seres humanos estar más en Paz si seguir la Sincronía de la Ciencia del Tiempo —afirma con felicidad Airú—.

—Las Trece Lunas ser trece tonos lunares y veinte sellos solares. Un tono y un sello formar la Energía de un Kin —resume en palabras la Abuela Sabia Violeta.

—¿Y qué es el Sagrado Tzolkin? —no puede evitar de callar la pregunta Jorge, aun no teniendo el Bastón de la Palabra.

—Los Maestros del Tiempo enseñar a nuestra Tribu Arco Iris que en el pasado haber hasta diecisiete calendarios funcionar como ruedas de un reloj, la primera y maldita máquina artificial invento del hombre blanco que traer olvido de la Ciencia del Tiempo y de la Profecía —dice solemne un indio de los trece Guerreros Lunares.

—Sagrado Tzolkin ser el secreto centro de las Trece Lunas. Gracias al Gran Espíritu del Universo, del Espacio y del Tiempo. ¡Ah yum Hunab Ku evam maya e ma ho! ¡Salve la armonía de la mente y de la Naturaleza! Las Trece Lunas ser un Calendario de Paz. Ustedes no estar preparados para conocer el secreto donde reunir todas las Leyes Universales —habla un Guerrero Lunar mientras dibuja en la tierra el Sagrado Tzolkin.

—Sofía y Jorge, ¿ustedes querer saber su Kin? —pregunta con tono encantador Airú—.

—¡¡Sí!! —responden al unísono los niños—.

—¡Muy bien! Decir tu fecha de nacer a la vida. ¿Qué día nacer ustedes? —inquiere Airú—.

—Yo he nacido un día 20 de Febrero de 2008. ¡Hoy es mi cumpleaños! —dice alegre Sofía—.

Las siete Abuelas Sabias y los trece Guerreros Lunares, experimentados viajeros del conteo del Tiempo y Guardianes de la Memoria escrita con glifos en las piedras de los Templos, dan respuesta unánime después de mirar la fecha en el Libro del Kin.

—¡Sofía ser Kin Noche Eléctrica Azul! —y la noticia contenta el corazón de Sofía y del Círculo de la Palabra—.

—Tu Kin afirmar tu esencia y poderes. Y el propósito de tu Vida. Decir a la vez conmigo —le pide Airú a Sofía—:

Activar con el fin de Soñar

Vinculando la Intuición

Sellar la Entrada de la Abundancia

Con el Tono Eléctrico del Servicio

Guiar el Poder de la Realización.

Sofía ha repetido las palabras de la Afirmación de Energía de su Kin Noche Eléctrica Azul, y aunque no ha comprendido con la lógica de su mente, siente con la intuición de su corazón que su Kin Noche Eléctrica y soñadora y de abundancia es muy posible que sea una definición acorde a su Ser. Este hilo de luz despierta en ella una fuerza espiritual y una felicidad original con deseo de saber todo y más de la Magia de las Trece Lunas.

—¡Eres Kin Noche Eléctrica, Sofía! ¡Mola! Ahora yo quiero conocer mi Kin —pide Jorge a las Abuelas Sabias y Guerreros Lunares—. Mi fecha de nacimiento es 5 de Noviembre de 2008.

Con la fecha dada por Jorge, el conteo de Tiempo por parte de los pacíficos Guerreros Lunares y las Abuelas Sabias se demora no más de unos minutos de expectante silencio.

—¡Jorge ser Kin Dragón Magnético Rojo! —profiere el Consejo de indios y en ese instante Dragón Nube Blanca despierta abriendo sus ojos—.

—¡Kin Dragón Magnético Rojo! ¡Este Kin es el tuyo! —habla Airú—. ¿Querer saber qué decir tu Kin de ti?

—¡Sí, claro! —responde Jorge—.

—Tu Kin ser afirmaciones de la esencia de tu Energía y tus poderes. Decir a la vez conmigo —requiere Airú a Jorge—:

Unificar con el fin de Nutrir
Atrayendo el Ser
Sellar la Entrada del Nacimiento
Con el Tono Magnético del Propósito

Guiar Mi Propio Poder Duplicado
Ser un Portal de Activación Galáctico.

Y Jorge se identifica al cien por cien con su Kin Dragón Magnético. Mira a Sofía con felicidad, y Sofía lo mira admirada.

—¡Jorge ser Portal! ¡Jorge ser Portal! —grita fuerte con alegría el Círculo de la Palabra.

Entonces, las siete Abuelas Sabias comienzan a tocar sus tambores de percusión dando poderosos alaridos con sus gargantas.

A los gritos y sonidos de los tambores que anuncian buena noticia acuden unos veinte indios e indias más portando instrumentos musicales: guitarra, laúd, ocarina, charango, flauta de pan, violín, timbales, armónicas... ¡Y empieza la fiesta!

Todas las almas de la Tribu Arco Iris se animan con palmas y mientras suena una música prístina da inicio el baile. Las indias danzan con lentitud moviendo la silueta de sus cuerpos y girando sus brazos como el oleaje de la Mar y los indios bailan dando saltos de satisfacción. Jorge y Sofía, maravillados, se unen contentos al baile y Dragón Nube Blanca alza el vuelo y planea sobre la escena de fiesta, y todo son miradas llenas de belleza y risas y sonrisas imborrables en sus corazones.

La euforia explota con gritos y aullidos, y cada tribu tiene su canción. La canción ideal que suena aquí y ahora en la Isla del Sol canta así:

NO HAY TEMOR, ES SOLO AMOR.

NO HAY TEMOR, ES SOLO AMOR.

¡AMOR ES SIMPLE!

¡AMOR ES SIMPLE!

A golpe de tambores, los latidos de los corazones danzantes sienten la Vida en su plenitud, y las indias comienzan a dar gritos de placer y dolor como si estuvieran de parto. Amor y dolor siempre unidos.

Cuando al cabo de una hora de eternos instantes de fuerza, vida y felicidad exultante amaina el ritmo de la fiesta, ésta finaliza con un abrazo colectivo de todos para todos de corazón a corazón. Y Dragón Nube Blanca aterriza para dejarse también abrazar por todos y todas.

Después, Jorge y Sofía suben a lomos de Dragón Nube Blanca, quien levanta de nuevo el vuelo, y con gran felicidad, Paz y Amor y gratitud desde la altura mueven la mano diciendo adiós, adiós a la Tribu Arco Iris.

Dragón Nube Blanca atraviesa, en lo que dura un parpadeo de ojos muy rápido, por cúmulos de nubes y una densa niebla llevando a los niños de regreso del mundo de los sueños a la luz de la mañana y al mundo real.

5. LOS SUEÑOS Y LA REALIDAD

Al amanecer, con el trino de las aves del Valle, los niños despiertan casi a un tiempo.

Sofía salta de arriba de la litera y da un abrazo encantada a Jorge. Él siente regocijo.

—¡Jorge, hemos soñado el mismo sueño! —grita impresionada Sofía—.

—¡Sí, Sofía! ¿No te parece increíble?

Jorge asiente reconociendo que la magia de la noche de su amiga la princesa ha obrado un milagro.

Sofía no puede contener un torrente de atropelladas palabras de entusiasmo, recordando las increíbles aventuras vividas en los sueños. Y a Jorge se le dibuja una sonrisa de oreja a oreja contemplando a su amiga.

—Y una vez dormidos —relata y enumera con los ojos muy abiertos la niña— nos encontramos en el Castillo Mágico y huimos de los Bardos en la alfombra mágica... y el Maestro Chu Hi... y volamos con Dragón Nube Blanca por la Gran Muralla... y aprendimos nuestro Kin, y bailamos con la Tribu Arco Iris...

—¡Sí, amiga! Igual que la realidad supera a la ficción... —reflexiona el niño— ¡Los sueños son mejor que la realidad!

FIN

SOBRE EL AUTOR

Yahy Leon nace en 1980 en Granada, España. Es gestor cultural, editor y artista multidisciplinar, community manager de *13 Lunas Tierra* y *Aldeas Unidas del Mundo*.

Por amor al Arte, ha experimentado en exposiciones colectivas con grabados y la instalación plástica *Restos del Naufragio*, cine, actos situacionistas de Letras a la Calle y Arte en las Calles.

En cuanto a su Poesía del Silencio de profunda y verdadera emoción y belleza —no trazos de papel, fotografías borrosas, cartas, grafo, aerosol, byte, canción, vidrio, madera, lienzo, filosofías— cuenta con más de mil y una hojas durante veintiún años ya de escritura a mano e infinidad de proyectos de libros bien guardados a salvo de la lluvia y el fuego.

Su Teoría del Arte es ser más creativo que crítico; crear una Obra Clásica que perdure en el Tiempo en lugar de experimentar con vanguardias. Todas las manifestaciones artísticas tienen un valor igual, desde la pintura rupestre hasta la escultura efímera.

Es autor del Libro *La Voz de Allah* (Mandala Ediciones, 2019) y de la Web yahyleon.wordpress.com.

ÍNDICE

9 788419 269836